AF462307

UN

HOMME DE BIEN

COMÉDIE

Représentée pour la première fois au Théâtre Français
le 18 Novembre 1845.

IMPRIMERIE DE H. FOURNIER ET Ce
7 RUE SAINT-BENOIT.

UN
HOMME DE BIEN

COMÉDIE

EN TROIS ACTES ET EN VERS

PAR

ÉMILE AUGIER

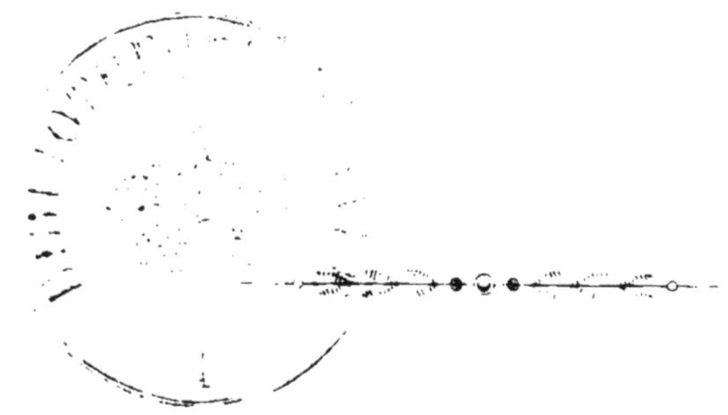

PARIS
FURNE ET Cie, LIBRAIRES-ÉDITEURS
RUE SAINT-ANDRÉ-DES-ARTS, 55

M DCCC XLV

A MON AMI

Henri Du Cellier.

AU LECTEUR.

Ce n'est pas ici une apologie de ce que j'ai fait, mais une explication de ce que j'ai voulu faire. Beaucoup de mes intentions n'ont pas été comprises par ma faute, beaucoup aussi par la malveillance de certains critiques. Je demande au lecteur la permission de me défendre et de m'expliquer devant lui.

On a dit que j'avais voulu faire de Véline un Tartufe, d'Octave un Don Juan, de Rose une

Célimène, et l'on s'est écrié : Personnages avortés ! caractères mal tracés ! Pourquoi n'a-t-on pas dit que Véline était une copie d'Alceste, Octave de Clitandre et Rose d'Elmire? La supposition aurait autant de fondement et la conclusion serait la même.

Quoi ! c'est un Tartufe, cet homme qui pèse à part lui la moralité de son action et recule à la commettre tant qu'il ne lui a pas trouvé une apparence respectable à ses propres yeux? qui s'ingénie à se cacher de sa conscience? qui, si un mot dit au hasard par un étourdi renverse l'échafaudage de ses subterfuges, le reconstruit avec effroi, récapitule sa conduite extérieure et ne se remet de son trouble que sur le témoignage de son interlocuteur même? qui prend si grand soin de faire endosser aux autres la responsabilité des perfidies ou des maladresses qui le servent? qui enfin a besoin de se rassurer sur la malhonnêteté du but par l'honnêteté des moyens? Non, ce n'est pas un Tartufe ; il se trompe lui-même avant de tromper les autres ;

il a besoin non-seulement de l'estime du monde, mais de la sienne propre; il a une conscience à laquelle il ne rompt pas en visière, mais qu'il tourne, qu'il circonvient doucement, qu'il flatte en la trouvant trop susceptible, et qu'il réconcilie enfin avec ses intérêts, comme on calme un imbécile qui a reçu un soufflet en lui disant : Mais aussi vous avez été trop vif! Il faut vous défier de cette fougue, etc. L'imbécile finit par n'être plus bien sûr qu'il soit l'offensé et donne la main au brutal. Ainsi de la conscience des Vélines en conflit avec leurs passions; chez eux c'est l'esprit qui fait le rôle du conciliateur officieux; aussi faut-il qu'ils l'aient fin et retors. Un sot échouerait dans ces négociations scabreuses, il serait malhonnête avec remords ou honnête avec regret. Mais Véline sait tout ajuster et il s'estime de si bonne foi, qu'il trouvera en lui une vraie indignation contre les fautes d'autrui, d'autant plus intolérant même qu'il ne sait pas ce qu'il en coûte de faire son devoir. C'est ce que j'ai voulu exprimer par la scène où il surprend sa femme chez Octave.

Pour que ma pièce ne parût pas une négation de la conscience, en contraste avec Véline j'ai mis Octave, un bon jeune homme qui joue au Don Juan, au sceptique, au roué endurci; si candide au fond du cœur qu'il s'irrite d'être pris par Véline en flagrant délit de candeur, si bon qu'il s'émeut de quelques paroles touchantes et de quelques larmes, si honnête qu'il épouse à la fin de la pièce une pauvre fille dont il n'est pas encore très-épris, mais pour réparer sa ruine dont il est la cause.

Quant à Rose, je n'en ai pas voulu faire une coquine ni même une coquette endurcie, mais une femme légère, franche et emportée, sans expérience et sans jugement, mais droite de cœur; elle méprise la souplesse de son mari vis-à-vis son oncle; elle y trouve une excuse à sa légèreté, voilà pour le manque de jugement; elle le fait entendre à Véline, voilà pour la franchise; elle se laisse prendre au piége banal d'Octave au deuxième acte et va chez lui au troisième dans un moment de colère contre son mari, voilà pour l'inexpérience et l'emportement: mais une fois qu'elle comprend où la conduit une démarche étourdie dont elle ne s'était pas trop rendu compte jusque là, elle recule instinctivement et oublie les torts de son mari pour ne plus voir que les siens, voilà pour la droiture de cœur.

On a trouvé absurde que le remords ne la prît que chez Octave : elle explique elle-même comment cela se fait.

Maintenant en quoi ce personnage concourt-il à l'idée de la pièce? d'une part il sert à développer les prétentions d'Octave à la rouerie, de l'autre à compléter le triomphe de Véline. Ceci m'amène à parler de mon dénouement.

On l'a fort taxé d'immoralité : le vice qui triomphe! voilà de ces phénomènes dont il faut faire mystère au public comme on se tait de certaines choses devant les enfants! Il ne s'en doute pas, ce bon public ; prenons garde de l'affriander au mal.... etc. A ce compte Tartufe et le Misanthrope sont des œuvres bien dangereuses, dont l'une montre la vertu réduite à fuir la société des hommes, et l'autre l'hypocrisie triomphant sauf une intervention merveilleuse. Et Don Juan? et Turcaret? et toutes les tragédies? En quoi consiste donc la morale au théâtre? dans un châtiment du vice amené par les incidents de la pièce, c'est-à-dire par le caprice de l'auteur? Non, à mon avis. Les incidents sont la partie arbitraire de la pièce, celle qui ne prouve rien; la partie réelle c'est la peinture des mœurs; on aura donc fait une œuvre morale quand on aura rendu le vice haïssable, et pour cela il suffit de le montrer à découvert. Qu'il soit puni ou non, peu importe; je crois même que la leçon sera d'autant plus efficace si le public reste sur sa colère.

Me voilà au bout de mes explications. On sait maintenant ce que j'ai voulu faire; il ne me reste plus qu'à réclamer l'indulgence pour ce que j'ai fait. Que l'on considère la difficulté de la comédie à caractères en général et du caractères que j'ai choisi en particulier, et l'on me pardonnera l'imperfection de mon œuvre. Je n'ai pas orgueilleusement compté atteindre le but, comme quelques uns l'ont charitablement insinué ; mais j'ai cru et je crois encore que le devoir de l'artiste est au moins d'y viser, et j'ai espéré qu'on me saurait gré de l'effort.

La plupart des critiques n'ont pas trompé mon attente ; ils ont jugé mon travail sérieusement et m'ont fait l'honneur de le discuter. Je leur rends grâce de leurs encouragements, de leurs censures et de leurs conseils : j'en saurai faire mon profit.

Quant à ceux qui m'ont accablé de leur dédain, qui m'ont tout nié jusqu'à une intention honnête, qu'ils n'aient aucun remords de leur injustice : elle ne me découragera pas : je n'y ai pas fait attention.

Je ne quitterai pas la plume sans remercier la Comédie Française de l'accueil qu'elle a fait à une pièce sur laquelle, à bon droit, elle ne fondait pas grande espérance de succès : les artistes qui l'ont interprétée l'ont défendue contre elle-même, et il n'a pas tenu à leur talent qu'elle ne réussît pleinement : c'est un témoignage que je suis heureux de leur rendre.

UN

HOMME DE BIEN

Personnages.

VÉLINE* (40 ans).	MM.	GEFFROY.
BRIDAINE (60 ans).		PROVOST.
OCTAVE (25 ans).		LEROUX.
ROSE (25 ans), FEMME DE VÉLINE.	Mmes	BROHAN.
JULIETTE (17 ans), NIÈCE DE BRIDAINE.		SOLIÉ.
UN DOMESTIQUE.		

La scène est à Paris, de nos jours.

* Le personnage s'appelait d'abord *Féline;* j'avais cru trouver là un nom sans maître; mais la personne à laquelle il appartient est venue le réclamer, et malgré mon attachement à ce nom expressif et d'une étymologie frappante, force m'a été de le restituer, par ordre d'en haut.

UN
HOMME DE BIEN

ACTE PREMIER.

Un salon chez Véline.

SCÈNE PREMIÈRE.

VÉLINE, seul.

Ah! qu'une conscience est un grand embarras,
Et qu'on serait heureux si l'on n'en avait pas!
Un autre ne verrait ici rien que d'honnête :
Moi, je suis tellement scrupuleux, ou si bête,
Que, pour effaroucher mon honneur, il suffit
Qu'aux méfaits du voisin je trouve du profit.
Car quelle est autrement ma part dans cette affaire?
Sauf le gain que j'en tire, elle m'est étrangère.
Que Juliette aime Octave, est-ce ma faute? en rien;
Qu'Octave, d'autre part, soit un fieffé vaurien,
Qui se rit de l'honneur des femmes et des filles,
Et traite ses noirceurs d'aimables peccadilles,
Je n'en suis pas coupable; et certes, ce n'est point
Mon exemple qui l'a corrompu sur ce point,
Moi qui n'ai jamais eu d'aventure galante

Qu'en sortant du collége... avec une servante.
Si donc il perd Juliette et ne l'épouse pas,
Je ne suis nullement responsable du cas.
— Oui ; mais comme Juliette, une fois mal notée,
Par notre oncle commun serait déshéritée,
Et que j'y gagnerais cinquante mille écus,
Ma conscience prend la mouche là-dessus,
Et m'objecte qu'on est le complice hypocrite
Du mal qu'on laisse faire, alors qu'on en profite.
— A l'héritage entier j'ai cependant bien droit!
L'honneur veut-il, — je dis l'honneur le plus étroit, —
Veut-il donc que dix ans de constance exemplaire
Aux humeurs d'un vieillard restent sans un salaire?
Et quel vieillard encor! Si rogue, si quinteux,
Si bourru, si taquin et si sentencieux!
Ce que j'ai supporté de l'aigre personnage
Eût été peu payé par tout son héritage;
Et parce qu'une nièce, où l'on ne songeait pas,
Vient tout à coup tomber orpheline en ses bras,
Parce qu'elle est mignarde et qu'elle le caresse,
L'ingrat vieillard l'égale à moi dans sa tendresse,
Et mettant à néant mon dévoûment ancien,
Comme son amitié veut partager son bien!...
Par la corbleu! mon oncle, est-ce ainsi que l'on triche?
— Mais, baste! au demeurant je me trouve assez riche
Pour relâcher un peu mon droit de sa rigueur
Et d'un trait généreux me donner la douceur.
Ce n'est pas un argent mal placé dont j'achète
L'orgueil de me sentir et de me dire honnête,
Et nul n'aura payé d'un tel prix, j'en réponds,
Le beau droit de crier haro sur les fripons!

Allons, tandis que rien n'est encore bien grave,
Allons ouvrir les yeux à l'oncle sur Octave.

(Il se lève et prend son chapeau.)

Ouf! je suis tout gaillard de ma belle action,
Et j'en refuserais, je crois, un million;...
Car, outre la fierté dont elle m'emplit l'âme,
Elle me remettra dans l'esprit de ma femme.

SCÈNE II.

VÉLINE, ROSE.

ROSE.

Vous sortez?

VÉLINE.

M'allez-vous demander où je vais?

ROSE.

Chez votre oncle, toujours?

VÉLINE.

Vous le trouvez mauvais?

ROSE.

Nullement, mon ami; je vous loue, au contraire :
Votre oncle, je le sais, est votre second père.

VÉLINE.

Second père, plus père encor que le premier.

ROSE.

On est d'autant plus fils qu'on est plus héritier;
Vous avez bien raison.

VÉLINE.

Je m'étonnais, madame,
Que vous ne m'eussiez pas encor fait d'épigramme.

ROSE.

Quoi ! ma réflexion vous semble un méchant trait?
Est-ce que par hasard elle vous atteindrait?
Elle était générale.

VÉLINE.

Oui ! faites l'innocente !

ROSE.

Pouvais-je deviner qu'elle vous est blessante?
Il fallait, mon ami, m'en avertir d'abord,
Que votre oncle à vos yeux n'était qu'un coffre-fort.

VÉLINE.

Quoi, d'abord! mais jamais! c'est une calomnie!

ROSE.

Pourquoi donc soupçonner mes propos d'ironie,
Alors?

VÉLINE.

C'est que je sais votre malignité
A tout interpréter par le méchant côté.

ROSE.

Moi, mon ami? — Je crois que l'affection pure
Vous met près de votre oncle en cette humble posture.

VÉLINE.

Hé, non, Madame!...

ROSE.

Non? Quel motif en ce cas?...

VÉLINE.

Morbleu ! Je vous dis : non, vous ne le croyez pas.

ROSE.

Est-il, à votre avis, impossible d'y croire?

VÉLINE.

Hein !

ROSE.

Cette opinion n'est pas à votre gloire !

VÉLINE.

Aussi je ne dis pas... vous moquez-vous de moi,
Morbleu !

ROSE.

Si vous criez, je vais me tenir coi.

VÉLINE.

Qu'il faut de patience et de philosophie !...
Vous ne voulez donc pas que je me justifie ?

ROSE.

Eh de quoi, s'il vous plait ?

VÉLINE.

Mon Dieu ! vous le savez.

ROSE.

Ma foi ! je ne sais rien, sinon que vous rêvez.

VÉLINE.

Puisqu'il faut parler net et rompre ici la glace,
Je suis dans votre esprit un héritier rapace,
Là !

ROSE.

Sur quel fondement ? .. Est-ce que vos façons
Ont donné lieu jamais à de pareils soupçons ?

VÉLINE.

Non pas !

ROSE.

Eh bien, alors ?

VÉLINE, à part.

Pas moyen de la prendre ;
Je me sens méprisé sans pouvoir me défendre.

ROSE.

Votre soumission au fantasque vieillard

N'est que condescendance et que pieux égard ;
Voilà ce que je crois. Ai-je tort?

VÉLINE.

Non, madame.

ROSE.

Je suis bien sûre aussi que vous trouvez infâme
Tout coureur d'héritage et flatteur de mourant
Qui fonde son espoir sur la mort d'un parent!

VÉLINE.

(à part.)

Il est vrai. C'est pour moi! Cet entretien m'assomme.

ROSE.

Si parmi vos amis vous aviez un tel homme,
Ne vous croiriez-vous pas envers lui délié
De tout devoir d'estime et de bonne amitié?

VÉLINE.

(à part.)

Mais... oui... Ce préambule est mauvais, et je tremble...

ROSE.

Comme nos sentiments s'accordent bien ensemble!
Si j'avais un mari de cette humeur, je croi
Que j'aurais de la peine à lui garder ma foi.

VÉLINE.

Oh! morbleu, c'en est trop!

ROSE.

Qu'est-ce donc qui vous fâche?
Sommes-nous pas d'accord à mépriser ce lâche?

VÉLINE, se contraignant.

(à part.)

Sans doute, mais pourtant... Ne pouvoir éclater!

ROSE.

Une femme de cœur peut-elle respecter

L'homme qui perd ainsi le respect de lui-même !
Répondez donc.

VÉLINE.

Euh ! Euh ! c'est aller à l'extrême.
(à part.)
J'enrage !

ROSE.

Lui peut-il reprocher son honneur,
Après l'avoir vendu lui-même sans pudeur ?
Voyons, parlez.

VÉLINE.

De fait !...

ROSE.

Avouez qu'il invite
Sa femme à le trahir, pour être quitte à quitte.
Hein ?...

VÉLINE.

J'avoue...

ROSE.

Allons donc ! – Je retiens cet aveu.
Maintenant allez voir votre oncle en bon neveu.

VÉLINE.

Ah ! vous en convenez ! C'était à mon adresse
Qu'allait sournoisement votre attaque traîtresse !

ROSE.

J'en conviens, mon ami, pour vous faire plaisir.

VÉLINE.

Ainsi vous vous croyez en droit de me trahir ?

ROSE.

C'est votre avis.

VÉLINE.

Je n'ai qu'un mot à vous répondre :

Mais ce mot suffira peut-être à vous confondre.
Savez-vous quel motif chez mon oncle aujourd'hui
Me mène?

ROSE.

Non, monsieur ; mais restez, car c'est lui.

SCÈNE III.

LES PRÉCÉDENTS, BRIDAINE, JULIETTE.

BRIDAINE.

Bonjour. On entre ici comme dans une auberge,
Véline, et l'on ne sait où trouver le concierge.

VÉLINE.

Je le ferai chasser.

BRIDAINE.

Le chasser? pourquoi donc?
A-t-il commis un crime indigne de pardon?

VÉLINE.

C'est juste ; s'il sortait...

BRIDAINE.

Il ne faut pas qu'il sorte!

VÉLINE.

La place d'un portier, au fait, est sur la porte.

BRIDAINE.

Voulez-vous qu'il y soit cloué comme un oiseau?

JULIETTE.

Laissons là ce portier, mon oncle.

VÉLINE, à part.

Quel fléau!

BRIDAINE.

Nous sommes dans le fait ici pour autre chose.

JULIETTE.

Je voulais vous prier, chère madame Rose,
De venir avec moi respirer le beau temps,
Car mon oncle n'a plus ses jambes de vingt ans.

VÉLINE.

Vous vous moquez! il est encor des plus ingambes.

BRIDAINE.

Il est vrai, c'est le temps qui manque et non les jambes
(A Rose.)
Et vous m'obligerez de promener l'enfant.

JULIETTE.

Il ne vous déplait pas de sortir?

ROSE.

Nullement,
Au contraire. Passons chez moi, que je m'habille.

(Elles entrent toutes deux chez Rose.)

SCÈNE IV.

VÉLINE, BRIDAINE.

BRIDAINE.

Avouez que Juliette est une aimable fille.

VÉLINE.

Charmante! — Je vous dois parler à son sujet.

BRIDAINE.

J'ai moi-même à vous dire aussi certain projet
Que j'ai pendant longtemps ruminé dans ma tête,
Et que j'arrête enfin. C'est d'adopter Juliette.

VÉLINE.

Comment! que dites-vous?

BRIDAINE.

En êtes-vous fâché?

VÉLINE.

J'en conviens. — Non qu'au bien je sois fort attaché;
La pauvreté n'est rien pour les âmes constantes.

BRIDAINE.

Surtout quand elles ont dix mille écus de rentes.

VÉLINE.

Mais ce qui m'a frappé d'un coup inattendu,
C'est de voir que pour moi votre cœur est perdu.

BRIDAINE.

Pas du tout, mon neveu; votre amitié s'abuse.

VÉLINE.

Vous m'avez préféré cependant.... une intruse.

BRIDAINE.

C'est ma nièce, que diable! Elle est pauvre, de plus,
Tandis que vous avez, vous, deux cent mille écus.

VÉLINE.

Ne parlons pas d'argent; je me trouve assez riche;
Mais votre procédé dans le monde m'affiche.
On cherchera pourquoi je suis déshérité,
Et peut-être on croira que je l'ai mérité.

BRIDAINE.

S'il ne tient qu'à cela, je saurai bien réduire
Les médisants au point de ne pouvoir médire,
Et je leur prouverai notre bonne amitié
En fréquentant chez vous plus souvent de moitié.

VÉLINE.

Quoi! vous viendrez?....

BRIDAINE.

Dîner quatre fois par semaine.

VÉLINE.

Je n'entends pas pourtant vous causer nulle gène.

BRIDAINE.

Point, point.

VÉLINE.

J'aime mieux être un peu calomnié....

BRIDAINE.

Point, vous dis-je. C'est fait, je me tiens pour prié.
Que diable! laissez-moi vous rendre ce service.

VÉLINE.

Puisque vous le voulez, il faut que j'obéisse.

BRIDAINE.

De plus je vous promets quelque bon souvenir,
Un gage d'amitié qui vous fera plaisir.

VÉLINE, à part.

Enfin!

BRIDAINE.

J'ordonnerai, par volonté dernière,
Qu'on vous donne ma canne avec ma tabatière:
Ce sont meubles sur moi que j'ai toujours portés.

VÉLINE.

(A part.) (Haut.)
Le tout vaut trente francs. Voilà trop de bontés!
Je ne veux rien de plus de tout votre héritage.

BRIDAINE.

Ne m'attendrissez pas: c'est malsain à mon âge.
Adieu, mon cher Véline.

VÉLINE.

Adieu, mon oncle, adieu.

(Il le reconduit jusqu'à la porte.)

SCÈNE V.

VÉLINE, seul.

Ouf! je suis seul et puis me dégonfler un peu!
(Il s'assied.)
J'en ai les bras cassés et l'âme anéantie.
Quoi! dix ans employés à faire sa partie,
A lire ses journaux, à lui donner le bras,
Et d'excellents dîners qu'il ne me rendait pas!...
(Il se lève.)
Oui, viens dîner chez moi maintenant, vieux corsaire,
Tu verras les repas que je te ferai faire!
Ah! tu veux enrichir Juliette à mes dépens!
Ah! tu m'as attiré dans un tel guet-à-pens!
Hé bien! soit, nous verrons ta chère favorite,
Quel honneur te fera son honnête conduite!
Qu'Octave maintenant la prenne dans ses lacs,
Je ne veux pas aider, mais je n'empêche pas.
(Il se rassied.)
C'est le favoriser pourtant que de me taire,
Car de pareils desseins ont besoin de mystère,
Et l'on est leur complice en étant leur témoin.
Bah! l'affaire d'autrui ne me regarde point:
Je ne suis pas chargé de rendre la justice.
D'ailleurs il n'est pas sûr qu'Octave réussisse.
Juliette est vertueuse. — Oui, mais s'il réussit,
Je me connais, je sais ma faiblesse d'esprit;
J'aurai tout le remords de Juliette perdue,
Comme si je l'avais en plein marché vendue;
Ma conscience est là, pédagogue taquin,

Qui, sans entendre à rien, m'appellera coquin!..
Perdons cent mille écus plutôt que d'être en guerre
Avec cette revêche et criarde mégère :
C'est un de ces voisins contre qui je crois bon
De ne plaider jamais, qu'on ait tort ou raison.
Sauvons Juliette, hélas! pour assurer mon somme ..
Mais qu'il est dur parfois d'être trop honnête homme!
Contre ma femme au moins par là je me défends...

(Il se lève et parcourt vivement le théâtre.)

Ma femme! J'oubliais ma femme!... et mes enfants!
Car le ciel quelque jour m'en enverra, j'espère.
Et je dois avant tout me conduire en bon père.
Ah! mon aveuglement était grand, j'en conviens.
Sauver Juliette, c'est sacrifier les miens :
Et je n'ai pas le droit, quelque appât qui me tente,
De faire à leurs dépens une chose éclatante.
Ils me reprocheraient avec sévérité
De les avoir aimés moins que ma vanité :
Car, j'en dois convenir, c'est par orgueil extrême,
Et pour avoir le droit de m'admirer moi-même,
Que je m'abandonnais follement à l'attrait
D'agir mieux qu'à ma place un autre n'agirait,
Et cette extrémité, pour être généreuse,
Au véritable honneur n'est que plus dangereuse.
J'ouvre les yeux à temps pour éviter l'écueil,
Grâce au ciel! — Si quelqu'un souffre de mon orgueil,
Que ce soit moi, non pas mes enfants et ma femme,
Cette chair de ma chair, cette âme de mon âme.
Abandonnons Juliette; il faut bien le vouloir :
Ce n'est pas seulement un droit, c'est un devoir.
Mon Dieu! pourquoi faut-il qu'elle soit une entrave?

SCÈNE VI.

VÉLINE, ROSE, JULIETTE, PUIS OCTAVE.

ROSE.

Nous sortons.

VÉLINE.

Bon voyage.

(Entre Octave par le fond.)

(A part.)

Octave !

JULIETTE, à part.

Octave !

ROSE, à part.

Octave !

VÉLINE.

Bonjour, mon jeune ami.

OCTAVE.

J'arrive à contre-temps ;
Ces dames vont sortir.

ROSE.

Nous fêtons le printemps.

(Véline est dans un coin du théâtre, Rose dans l'autre, et Juliette au milieu, Octave se trouve du côté de Rose ; il s'approche d'elle et la salue en tournant le dos aux autres.)

OCTAVE.

Madame !

ROSE.

Sans adieu.

OCTAVE, bas, lui glissant une lettre.

Prenez.

(Rose la met furtivement dans sa poche ; Octave fait quelques pas vers Juliette, en tournant le dos à Rose, et la salue.)

Mademoiselle !

JULIETTE, bas.

Ma réponse.

(Elle lui glisse une lettre.)

OCTAVE, bas.

Merci.

(Il met la lettre dans sa poche. Les deux femmes sortent.)

SCÈNE VII.

VÉLINE, OCTAVE.

OCTAVE, déployant la lettre de Juliette.

Voyons, quelle nouvelle :

(Il lit.)

« Si vous m'aimez, monsieur, ce n'est pas à moi qu'il faut le dire, mais à mon oncle. Tout ce que je peux, c'est de vous autoriser à lui demander ma main. »

(Il froisse la lettre.)

La sotte !

VÉLINE.

Qu'est-ce donc?

OCTAVE.

J'ai perdu le pari,
Lisez : elle consent que je sois son mari.
Rien de plus.

VÉLINE.

Qui ?

OCTAVE.

Juliette.

VÉLINE.

Et quel pari?

OCTAVE.

Le nôtre.

VÉLINE.

Qu'ai-je donc parié?....

OCTAVE.

Faites le bon apôtre!
Ne vous souvient-il plus m'avoir mis au défi
De séduire Juliette!

VÉLINE.

Ah! fi, jeune homme, fi!
Ne dites pas cela.

OCTAVE.

Si j'ai bonne mémoire,
C'était....

VÉLINE.

Allons!

OCTAVE.

Comment?

VÉLINE.

Je ne puis du tout croire
Qu'un homme comme moi, pour ses mœurs respecté,
Ait pu faire un pari de cette énormité.
Non, non, j'ai sur l'honneur des principes trop fermes.

OCTAVE.

Un homme comme vous m'a dit en propres termes,
Dans le propre salon d'un homme comme vous,
Un soir que nous parlions de maris loups-garous....

VÉLINE.

Ah! oui, je m'en souviens; vous attaquiez les femmes...

OCTAVE.

Oui dà.

VÉLINE.

Je combattais vos maximes infâmes....

OCTAVE.

Comme doit tout mari de sa femme content.

VÉLINE.

Je vous aurai cité Juliette, et, la citant,
Possible qu'il me soit échappé de vous dire :
« Je vous défîrais bien, elle, de la séduire! »
C'est façon de parler usitée en tel cas,
Figure du discours, mais un pari... non pas!

OCTAVE.

Ma foi, j'ai le défaut de tout prendre à la lettre.

VÉLINE.

Diable! mais n'allez pas au moins me compromettre.

OCTAVE.

Non! non!

VÉLINE.

Vous avez pris mes discours de travers.

OCTAVE.

Oui.

VÉLINE.

Si vous triomphez dans vos desseins pervers,
Je m'en lave les mains.

OCTAVE.

Lavez!

VÉLINE.

Je répudie
Toute complicité dans votre perfidie!

OCTAVE.

Bon!

VÉLINE.

Je suis honnête homme!

OCTAVE.

On ne conteste point.

VÉLINE.

Homme à contre-carrer vos projets au besoin !

OCTAVE.

Gardez pour d'autres temps votre sainte colère :
Je n'ai plus de projets qui vous puissent déplaire.

VÉLINE.

Hein? quoi! vous renoncez?...

OCTAVE.

Je me tiens pour battu ;
Je respecte Juliette et prise sa vertu ;
Êtes-vous satisfait enfin ?

VÉLINE.

A la bonne heure.
Mais est-ce tout de bon au moins?

OCTAVE.

Oui, que je meure !
Je renonce à regret : mais quoi ! me marier,
C'est proprement plonger le diable au bénitier.

VÉLINE.

Ma foi ! vous seriez donc, en effet, bien à plaindre
D'avoir à vos côtés une Agnès faite à peindre.

OCTAVE.

Les Agnès, une fois en pouvoir de mari,
Sont sujettes, dit-on, à prendre de l'esprit,
Et profitent si bien de ces leçons nouvelles
Que le maître est bientôt trop peu savant pour elles.

VÉLINE.

Vous ne croyez à rien !

OCTAVE.

Si fait, d'un front hardi,
Je soutiendrais partout qu'il fait jour à midi.
Pour le reste je dis modestement : que sais-je?

VÉLINE.

Voilà de mes roués en sortant du collége!
Les jeunes gens du jour ont ce travers commun
D'affubler leur candeur d'un vêtement d'emprunt :
De faire les lurons à qui rien n'en impose,
Et dont l'œil voit d'abord le fond de toute chose.
De ne pas sembler neufs sottement occupés,
Ils mettent de l'orgueil à se croire trompés,
Perdant ainsi, pour feindre un peu d'expérience,
La douceur d'être jeune et d'avoir confiance!
Au surplus tout le monde à votre âge en est là :
Moi-même, dans mon temps, me suis pris à cela ;
Mais j'ai bientôt connu que toute ma rouerie
N'était qu'une impuissante et vaine théorie
Faite pour m'attirer affront dessus affront :
Qu'un masque de Don Juan ne va pas à tout front,
Qu'il faut beaucoup d'esprit pour ce rôle, et qu'en somme
Il est moins difficile et mieux d'être honnête homme.
J'en ai pris mon parti : je me suis marié,
Je vis tranquillement, par le monde oublié,
En bon bourgeois, sans faste, avec économie :
Je trouve dans ma femme une sincère amie ;
J'ai peu d'ambition, sachant que le moyen
D'avoir ce qu'on attend est de n'attendre rien ;
Je prends de l'intérêt au beau temps, à la pluie,
A l'heure du diner, et jamais ne m'ennuie.

Je vivrai de la sorte en modérant mes goûts
Et mourrai satisfait d'avoir joint les deux bouts.
Ma foi ! je suis heureux lorsque je me contemple,
Et vous engage fort à suivre mon exemple !

OCTAVE.

Votre exemple est sans doute à suivre plein d'appas,
Mais tenez pour certain qu'on ne le suivra pas !
Je n'ai pas par bonheur l'âme assez vertueuse
Pour savoir m'amuser d'une vie ennuyeuse :
Je me crois ici-bas pour mes menus plaisirs,
Et, loin de modérer aucun de mes désirs,
Je leur lâche la bride et je les aiguillonne
Pour que ma vie en soit d'autant plus courte et bonne.
Je suis jeune, je suis riche, très-riche... Hé bien,
Dans dix ans je prétends qu'il ne m'en reste rien !...
Car ces bons jeunes gens ne me font nulle envie
Qui d'un conseil prudent thésaurisent la vie,
Afin d'avoir de quoi prolonger plus longtemps
La saison d'être laids, tristes et mal portants.
Moi, je veux mourir jeune aux bras d'une maîtresse
En riant et faisant la figue à la vieillesse !
Peut-être après cela, comme vous l'avez dit,
Ne suis-je pas Don Juan, faute d'assez d'esprit,
Mais on s'amuse à moins ; il est plus d'une Elvire
Que, sans être Don Juan, on peut encor séduire,
Et si j'y tâchais bien, ce beau mur de vertu
Que l'on m'oppose ici serait vite abattu,
Et nous verrions alors si toute ma rouerie
N'est qu'une impertinente et vaine théorie.

VÉLINE.

Quelle pitié !... comment vous y prendriez-vous,

Don Juan?

OCTAVE.

C'est mon affaire et je sais de bons coups.

VÉLINE.

Lesquels encor?

OCTAVE.

Parbleu! Je vais vous en instruire!

VÉLINE.

Je les devine assez et pourrais vous les dire.

OCTAVE.

Ah! voyons.

VÉLINE.

Vous allez à l'oncle demander
Sa nièce de façon qu'il ne puisse accorder.

OCTAVE.

Ensuite?

VÉLINE.

Vous direz à la petite fille
Qu'un barbare tuteur la retient sous la grille,
Que vous voulez mourir si vous ne l'obtenez,
Enfin tout ce qu'on dit!

OCTAVE.

Comme vous devinez!

(A part.)
L'idée est bonne au fait.

VÉLINE.

Mais je ne peux pas croire
Que vous poussiez à bout une action si noire :
Au moment décisif le cœur vous faiblira,
Ou plutôt c'est l'honneur qui se révoltera.

OCTAVE.

L'honneur n'a rien à faire avec une amourette.

VÉLINE.

Vous ne frémissez pas de perdre ainsi Juliette?
D'arracher une enfant encor pure au devoir?
De vouer sa jeunesse aux pleurs, au désespoir?

OCTAVE.

Je ne suis pas si laid qu'elle soit bien à plaindre.
D'ailleurs, je suis discret : elle ne doit rien craindre.

VÉLINE.

Ah! je vois maintenant que vous aviez raison!
Le vice en votre cœur a versé son poison!
Brisons là, s'il vous plaît. Ma bonne renommée
Par vos débordements pourrait être entamée.
Je ne vous connais plus. Adieu, cœur endurci!

OCTAVE, riant.

(A part).

Tout comme il vous plaira. Je l'aime mieux ainsi;
J'avais quelque scrupule à courtiser sa femme:
En me mettant dehors il m'en ôte le blâme.

(Il sort.)

SCÈNE VIII.

VÉLINE, seul.

Voilà pourtant, voilà comme des cœurs bien nés
Au mal, à leur insu, se trouvent entraînés!
Voilà comme chacun dupe sa conscience
Et la met au besoin de son intelligence,
L'un par l'extérieur regardant l'action,
Lorsque la honte en gît dans son intention,
L'autre des motifs seuls sachant se rendre compte,
Quand c'est dans les effets que réside la honte.

Mais le plus étonnant c'est que jamais remords
Ne fait, à ces gens-là, reconnaître leurs torts.
Octave, par exemple, est un vaurien en somme.
Et je suis sûr, pourtant, qu'il se croit honnête homme.
Tant pis pour lui, ma foi ! qu'il prenne son parti ;
Je m'en lave les mains ! Je l'ai bien averti :
Je l'ai même tancé d'un ton un peu sévère,
Et si j'ai là-dessus un reproche à me faire.
C'est d'avoir mal tenu ma résolution
D'abandonner Juliette à la séduction.
Je n'ai pu m'empêcher de plaindre la victime
Et de dissuader Octave de son crime.
Et je crois que jamais je n'aurai la vigueur
De fermer mon oreille aux conseils de mon cœur.
C'est ma faiblesse : hélas ! nous avons tous la nôtre.
Et cet excès, en somme, est préférable à l'autre.

(La toile tombe.)

FIN DU PREMIER ACTE.

ACTE DEUXIÈME.

Un salon chez l'oncle Bridaine.

SCÈNE PREMIÈRE.

ROSE, JULIETTE.

ROSE.

Allez ! ne croyez pas que cette adoption
Soit un effet chez lui de pure affection :
Il se défend par là contre la solitude
Et veut prendre sur vous un droit de servitude
Qui vous empêche un jour, cherchant un sort plus doux,
De quitter sa maison pour celle d'un époux.

JULIETTE.

Quoi ! si j'aimais quelqu'un, mais d'un amour si tendre
Qu'il verrait mon bonheur et ma vie en dépendre ?...

ROSE.

D'abord, ces vieilles gens au cœur muet et sourd
Sont très-persuadés qu'on ne meurt pas d'amour :
A grand'peine croient-ils qu'on meure de vieillesse !
Quant à vous voir heureuse en saison de jeunesse,
Votre père adoptif y consent de bon cœur.....
Pourvu qu'à le soigner vous mettiez le bonheur.

JULIETTE.

Non, non ! vous vous trompez, Rose : mon oncle m'aime.

ROSE.

Il n'a qu'un seul ami — d'enfance – et c'est lui-même.

JULIETTE.

Vous verrez le contraire, et peut-être aujourd'hui...

ROSE.

Vous êtes avertie : ensuite....

SCÈNE II.

ROSE, JULIETTE, OCTAVE.

JULIETTE, à part.

Déjà lui !

OCTAVE, saluant.

Mesdames.....

ROSE.

Vous, monsieur? jamais vous ne me dites
Que vous eussiez ici commerce de visites.

OCTAVE.

C'est la première fois que j'y viens, en effet,
Et j'y suis amené par un grave intérêt.

JULIETTE, à part.

Mon cœur!

OCTAVE.

Votre oncle est-il ici, mademoiselle?

JULIETTE.

(A part)

Je crois, monsieur... Je vais l'avertir... Je chancelle.

(Elle sort.)

SCÈNE III.

ROSE, OCTAVE.

ROSE.

Peut-on savoir, monsieur qui me faites la cour,
Quel si grave intérêt vous survient en un jour ?

OCTAVE, à part.

Déployons un aplomb au-dessus de mon âge.
(Haut.)
Je viens pour demander Juliette en mariage.

ROSE.

Cette plaisanterie est d'assez mauvais goût.

OCTAVE.

Je ne plaisante pas, madame, pas du tout :
Vos rigueurs, à la fin, ont lassé ma constance ;
Vous ne m'avez pas même accordé d'espérance :
Tout ce que j'ai gagné par l'ardeur de mes feux,
C'est la permission d'être très-malheureux,
De vous glisser parfois des lettres..... sans réponse,
Et de mourir un jour de chagrin !... J'y renonce.

ROSE.

Vous ne mourrez pas?

OCTAVE.

Non.

ROSE.

Quel désappointement !
Je comptais là-dessus pour clore mon roman.

OCTAVE.

Raillez !

ROSE.

Mon soupirant à mes yeux se marie
Et ne soupire plus : ce n'est pas raillerie !

OCTAVE.

La perte ne vaut pas...

ROSE.

Si fait! ma vanité
Souffre fort à vous voir tourner d'autre côté
Le dépit que j'en ai fait taire mon scrupule
Et, pour vous ramener à moi, je capitule;
Car je n'aperçois rien des piéges qu'on me tend,
Et tout ce qu'on me dit me semble argent comptant.

OCTAVE.

Quoi ! vous imaginez que c'était un manége !...

ROSE.

Vous n'imaginiez pas que je verrais le piège?

OCTAVE, à part.

(Haut.)

Diable! Je ne prends pas de détours superflus
Et ne fais pas semblant de ne vous aimer plus!
Je vous aime toujours avec idolâtrie,
Je ne m'en cache pas; et si je me marie,
C'est que je désespère enfin que mon amour
De votre cœur de roche obtienne du retour.

ROSE.

Avec vous une affaire au moins est bientôt faite.

OCTAVE.

Oui, j'ai toujours été sujet aux coups de tête;
Je n'aime pas traîner les choses en longueur
Et les demi-partis me répugnent au cœur.

ROSE.

Bref, vous ne marchandez jamais une folie?

OCTAVE.

Jamais, madame, avant qu'elle soit accomplie.

ROSE.

Et vous avez raison, quitte à vous repentir.

OCTAVE.

De celle d'aujourd'hui j'espère mieux sortir.
La femme que je prends est de tout point charmante...
Moins que vous... mais peut-être est-elle plus aimante.

ROSE.

Merci du compliment... mais les gens délicats
Veulent-ils épouser celle qu'ils n'aiment pas?

OCTAVE.

Mais j'aimerai Juliette, avec le temps, j'espère;
Elle a reçu du ciel tout ce qu'il faut pour plaire.
Si bonne, qu'elle peut se passer de beauté,
Si belle, qu'elle peut se passer de bonté.

ROSE.

Vous l'aimez déjà?

OCTAVE.

Non, mon cœur vous est fidèle;
Mais si quelqu'un vous peut faire oublier, c'est elle.

ROSE.

Hé vite! épousez-la! Si c'est pour m'oublier,
Je serai la première à vous le conseiller.
J'aime à voir toutefois que l'amour effroyable
Dont vous comptiez mourir n'était pas incurable.

OCTAVE.

Vous m'avez ordonné cent fois de me guérir,
Et si j'y tâche enfin c'est pour vous obéir.

Votre rigueur a fait la moitié de la cure,
Juliette achèvera.

ROSE.

Pour cela, j'en suis sûre.
Vous avoûrez du moins que cette guérison
A toutes mes rigueurs donne cent fois raison.
Où serais-je, bon Dieu ! si d'une âme trop prompte
De votre amour en l'air j'avais fait plus de compte?

OCTAVE.

Où vous seriez? Hélas! si vous aviez voulu,
Vous auriez fait de moi ce qu'il vous aurait plu ;
J'eusse été trop heureux de vivre votre esclave.

ROSE.

Mais ces esclaves-là coûtent trop cher, Octave.

OCTAVE.

Non, non, je ne suis pas de ces ambitieux
Qui prétendent un prix excessif de leurs vœux :
En échange de tout, de mon sang, de mon âme,
Je ne vous demandais qu'un peu d'espoir, madame...
Un peu d'espoir qu'un jour une douce pitié
Vous donnerait pour moi plus que de l'amitié!

ROSE.

N'était-ce déjà pas assez de complaisance
Que de vous écouter sans trop d'impatience?
Et devais-je humblement, ainsi qu'à mon seigneur,
Vous dire : grand merci, ce m'est beaucoup d'honneur?

OCTAVE.

Non, ce n'est pas cela que vous deviez me dire ;
Mais vous pouviez au moins m'écouter sans sourire,
Sans plaisanter...

ROSE.

Qui sait si j'aurais toujours ri?...
Il fallait laisser faire au temps, à mon mari.

OCTAVE.

Hé! qu'aurait fait le temps? mon cœur était au vôtre
Un divertissement, un jouet, et rien autre!

ROSE.

Vous êtes fou!

OCTAVE.

Mon Dieu! vous n'avez pas besoin
De vous justifier. Je ne vous en veux point.

ROSE.

Pourquoi vous marier?

OCTAVE.

Hélas! que vous importe?

ROSE.

S'il m'importait?

OCTAVE.

Alors j'agirais d'autre sorte;
Mais pourquoi supposer?...

ROSE.

Vous êtes un enfant;
Ne vous mariez pas.

OCTAVE.

Mais...

ROSE.

Je vous le défend.

OCTAVE.

O bonheur! se peut-il que vous m'aimiez, madame?

ROSE.

Doucement.

OCTAVE

Puis-je croire à ce prix de ma flamme !
Aimé de vous ! aimé !

ROSE.

Je n'ai pas dit cela.
Vous vouliez seulement de l'espoir... en voilà.

OCTAVE.

Et pour ce seul espoir, à jamais j'abandonne
Tout le bonheur que l'homme au monde ambitionne
La famille, l'hymen et les paisibles jours,
Et je suspends ma vie à vos yeux pour toujours !

ROSE.

C'est bien, mais comment faire ici votre retraite ?
Mon oncle va venir.

OCTAVE.

Je demande Juliette.

ROSE.

Comment ?

OCTAVE.

Attendez donc : je vais la demander,
Mais de telle façon qu'il ne puisse accorder :
On déplaît aisément au digne patriarche.

ROSE.

C'est vrai : mais à quoi bon cette fausse démarche ?

OCTAVE.

A ceci que monsieur Véline, votre époux,
Ne prenne désormais aucun soupçon sur nous.

ROSE.

Est-ce que par hasard mon mari me soupçonne ?

OCTAVE, à part.

(Haut.)

Il aurait tort! Il n'a confiance en personne.

ROSE.

Oui, vous avez raison. Défiant et trompeur!
Jusqu'ici mieux que lui j'ai gardé son honneur,
Pour ne lui pas donner un prétexte à me rendre
Les mépris que de moi son humeur peut attendre;
Mais s'il m'en récompense en soupçonnant ma foi...
Octave, souhaitez qu'il doute un jour de moi!
Adieu!

(Elle sort.)

SCÈNE IV.

OCTAVE, seul.

Ce mot lâché la fait rougir de honte.
Dans huit jours, sans remise, elle est à moi : j'y compte
S'il ne faut pour cela que son mari jaloux.
Voilà faire, je crois, d'une pierre deux coups!
Ah! ah! monsieur Véline! ah! je suis un novice!
Un écolier qui fait étalage de vice!
Le masque de Don Juan ne sied pas à tous fronts?
Nous verrons ce qui sied au vôtre, nous verrons!
Sur Juliette à présent pointons ma batterie;
Je suis passé grand maître en cette artillerie.
Voici le patriarche... à nos pièces, morbleu!

SCÈNE V.

OCTAVE, BRIDAINE.

BRIDAINE.

Je vous ai fait attendre?

OCTAVE.

Un peu, monsieur, un peu !

BRIDAINE.

Que voulez-vous de moi, monsieur? car mon temps presse;
En deux mots, s'il vous plaît.

OCTAVE.

En deux mots? votre nièce

BRIDAINE.

Oui? Ma nièce n'est pas à marier. — Bonsoir.

OCTAVE.

Un peu de patience, et veuillez vous asseoir;
La politesse au moins à m'ouïr vous oblige.

BRIDAINE.

Ma nièce ne veut pas se marier, vous dis-je.

OCTAVE.

Erreur! — Pour demander sa main j'ai son aveu.

BRIDAINE.

Se pourrait-il?

OCTAVE.

Lisez, mon oncle.

(Il lui donne la lettre du premier acte.)

BRIDAINE, à part, après avoir lu.

Ventrebleu!

OCTAVE.

Hé bien? qu'en dites-vous?

BRIDAINE.

Je dis que cette lettre
Aux mains d'un étourdi pourrait la compromettre,
Et je la garde.

OCTAVE.

Soit. Au moins n'avez-vous plus
De prétexte plausible à fonder vos refus.

BRIDAINE.

Qu'est-ce à dire, prétexte? Il semble à vous entendre
Que j'aie aucunement des comptes à vous rendre!

OCTAVE.

On ne refuse pas sans dire ses raisons.

BRIDAINE.

Oui dà! prétendez-vous me faire des leçons?
Apprenez que jamais je n'en ai reçu.

OCTAVE.

Peste!
A qui le dites-vous! cela se voit de reste.

BRIDAINE.

Vous perdez le respect, monsieur! — des cheveux blancs
Imposaient autrefois silence aux insolents!

OCTAVE.

Autrefois — mais, monsieur, dans ce temps diabolique
Des cheveux ne sont plus des raisons sans réplique.
Donnez d'autres motifs, si vous me refusez.

BRIDAINE.

Hé bien! j'ai pour motif que vous me déplaisez;
Cela suffit, je crois.

OCTAVE.

Il n'importe à l'affaire,
Et ce n'est pas à vous que j'ai besoin de plaire;

Je ne crois pas avoir demandé votre main?

BRIDAINE.

Savez-vous!... — Brisons là, monsieur; mon médecin
Me défend la colère à cause de ma bile.

OCTAVE.

Permettez!...

BRIDAINE.

Non, vous dis-je, et tout est inutile;
Vous n'aurez pas ma nièce.

OCTAVE.

Hé bien, si! je l'aurai!
Vous me l'accorderez, monsieur, bon gré, mal gré!

BRIDAINE.

Je veux être pendu si jamais je l'accorde.

OCTAVE.

Parbleu! vous le serez s'il n'y faut d'autre corde,
Mon oncle!

BRIDAINE.

Moi votre oncle! oncle d'un tel neveu!
Sortez!

OCTAVE.

Non, pas avant que vous m'ayez...

BRIDAINE.

Morbleu!

OCTAVE.

Je suis à vos genoux!

BRIDAINE.

Sortez!

OCTAVE.

J'attends ma grâce!

BRIDAINE.

De peur de m'emporter je vous cède la place.

(Il sort.)

SCÈNE VI.

OCTAVE SEUL, PUIS JULIETTE.

OCTAVE.

Tout va bien ! me voici proprement installé
Dans mon poste d'amant tragique et désolé,
Beau poste d'où je puis bombarder mon infante
De phrases de roman sans qu'elle me plaisante.
Es-tu content, don Juan ? deux intrigues de front !
La pêche aura du prix, si le filet ne rompt.
La voici... du maintien...

JULIETTE, entrant et faisant mine de se retirer.

Pardon !

OCTAVE.

Mademoiselle,
Demeurez, par pitié ! cette heure est solennelle.

JULIETTE.

Monsieur !

OCTAVE.

Oh ! demeurez ! c'est la derniere fois
Qu'il me sera donné d'entendre votre voix :
Vous m'êtes sans ressource et pour jamais ravie.

JULIETTE.

Que dites-vous ? mon oncle. ...

OCTAVE.

Il a brisé ma vie.
J'ai prié, j'ai pleuré, j'ai serré ses genoux...
En vain... Il ne veut pas que je sois votre époux.

JULIETTE, à part.

Rose avait donc raison !

OCTAVE.

Sa porte m'est fermée.
Je ne vous verrai plus, vous que j'ai tant aimée !
Souvenez-vous parfois encor d'un malheureux,
Juliette, et recevez mes suprêmes adieux.

JULIETTE.

(A part.)

Adieu, monsieur Octave. Hélas !

OCTAVE, à part.

Elle soupire.

(Haut.)

J'avais, en vous quittant, cent choses à vous dire ;
Mais j'ai tout oublié.

JULIETTE.

Cherchez.

OCTAVE.

De quoi sert-il ?
Je ne dois plus songer maintenant qu'à l'exil.
Oh ! faites qu'il soit court, abrégez ma souffrance,
Mon Dieu ! la vie est lourde où n'est plus l'espérance.

JULIETTE.

Du courage.

OCTAVE.

A quoi bon ? ne suis-je pas maudit ?
Contre l'arrêt du sort bien fou qui se raidit.
J'ai, depuis le berceau, trouvé la vie amère ;
La tristesse m'a pris sur le sein de ma mère,
Et la mélancolie a creusé dans mon cœur
Des gouffres qu'eût seul pu combler un grand bonheur.
Je l'attendais de vous ; mais un oncle barbare
De ma seule espérance à jamais me sépare.

Heureusement pour moi, cet oncle ne peut pas,
Ainsi que votre cœur, me fermer le trépas.

JULIETTE.

Que dites-vous?

OCTAVE.

Je dis que j'ai mal fait de naître
Et que je veux mourir.

JULIETTE.

En êtes-vous le maître?

OCTAVE.

Je n'ai pas de parents, pas d'amis!

JULIETTE.

Pas d'amis!

OCTAVE.

Et, sauf quelques maisons où mon couvert est mis,
Ma place nulle part ne demeurera vide.

JULIETTE.

Nulle part, dites-vous?

OCTAVE, *à part.*

Elle en a l'œil humide.

(*Haut.*)

Tous, au bout de huit jours, auront séché leurs pleurs,
Et ceux que j'ai servis, et vous pour qui je meurs.

JULIETTE.

Vous m'oublîriez donc, vous, si je mourais moi-même?

OCTAVE.

Quelle comparaison entre nous? je vous aime.

JULIETTE.

Dieu tout-puissant! Il croit que je ne l'aime pas,
Moi qui n'ai plus d'ami que lui seul ici-bas!
Hélas! hélas! mon Dieu!

OCTAVE.

Vous pleurez!

JULIETTE.

Oui, je pleure!
Malheureuse! à quoi bon me contraindre à cette heure
Tout m'abandonne! ainsi, coulez, coulez, mes pleurs,
Seuls et derniers amis fidèles aux douleurs.

OCTAVE.

Juliette!

JULIETTE.

Non, c'en est trop, je n'ai plus de courage.
Ma mère m'a quittée au milieu de son âge;
On m'a conduite ici, loin de mes chers vergers,
Étrangère parmi des parents étrangers;
Leur pitié n'allait pas jusques à la tendresse;
Et près d'eux tristement j'ai grandi sans caresse,
Comparant au ton sec et froid de leur bienfait
La douceur dont ma mère autrefois me grondait!

OCTAVE, à part.

Pauvre fille!

JULIETTE.

Vous seul, après quatre ans d'attente,
Vous seul m'avez parlé d'une voix indulgente;
Mais je vois que mon sort est de toujours souffrir:
Ma mère est morte, Octave, et vous voulez mourir.
Oui, je pleure!

OCTAVE, à part.

Ceci passe la raillerie.

JULIETTE.

Adieu, dernier espoir, ma jeunesse est flétrie!
Mourez, ingrat, mourez, s'il ne vous suffit pas

Que partout votre image accompagne mes pas.
J'ai moins d'orgueil que vous : je me fusse estimée
Trop heureuse déjà de me savoir aimée.

OCTAVE, à part.

Je ne m'attendais pas à des accents si vrais.
(Haut).
Calmez-vous, je vivrai, Juliette.

JULIETTE.

Vous vivrez?

OCTAVE.

Est-ce que j'ai le droit de rejeter la vie?
Ne vous est-elle pas à jamais asservie?
Pardonnez-moi ces pleurs de vos yeux répandus...

JULIETTE.

Est-ce que j'ai pleuré? Je ne m'en souviens plus.

OCTAVE, à part.

Sortons, car si je reste un moment davantage,
Je vais m'abandonner à quelque enfantillage.
(Haut).
Adieu!

JULIETTE.

Vous me quittez?

OCTAVE.

Votre oncle peut venir :
Mais j'emporte avec moi votre cher souvenir.

JULIETTE.

Ne vous verrai-je plus?

OCTAVE, à part.

Il vaudrait mieux peut-être.
(Haut).
Mettez-vous quelquefois le soir à la fenêtre.

JULIETTE.

Adieu donc.

OCTAVE, lui baise la main.

(A part.)

Pauvre enfant! Baste! elle m'oubliera!
— C'est égal, je voudrais n'avoir pas fait cela.

(Il sort.)

SCÈNE VII.

JULIETTE, seule.

Oui, Rose avait raison; sous couleur de tendresse
Mon oncle me réserve à soigner sa vieillesse.
Mais je rends grâce au ciel encor que sa rigueur
N'arrête que ma main sans contraindre mon cœur.
Il ne m'ôtera pas, me tînt-il enfermée,
La secrète douceur d'aimer et d'être aimée;
Et je suis sûre, au moins, s'il se met entre nous,
De n'être pas forcée au choix d'un autre époux.
A d'odieux hymens tant d'autres condamnées
Ont pleuré cependant et se sont résignées!
Mais, je le sens, jamais, en telle extrémité,
Je n'aurais ce courage ou cette lâcheté.
A trahir mon amant plutôt qu'être réduite,
J'appellerais à moi la révolte et la fuite.
Peut-être me serait-ce un bonheur que le coup
Dont l'extrême rigueur m'affranchirait de tout,
Et me donnerait droit de secouer l'entrave
Qui me retient ici loin de mon cher Octave....

SCÈNE VIII.

JULIETTE, BRIDAINE.

BRIDAINE.

(A part).

Juliette, écoutez-moi... Dois-je l'intimider,
Ou si par la douceur il vaut mieux procéder?

JULIETTE.

Que voulez-vous me dire?

BRIDAINE.

Attendez.

JULIETTE, à part.

C'est sans doute
D'Octave qu'il s'agit.

BRIDAINE.

Écoutez-moi.

JULIETTE.

J'écoute.

BRIDAINE.

(A part).

Dites-moi, mon enfant... Non, il faut l'étourdir.
Ma douceur contre moi la pourrait enhardir
Jusqu'à me supplier de lui donner ce drôle,
Ce qui redoublerait l'embarras de mon rôle;
Car elle me dirait que sa vie en dépend,
Et j'aurais l'air d'un ogre en le lui refusant.
Otons-lui tout espoir par un ton de colère.
(Haut). (A part).
Savez-vous, impudente... Oui, mais ce ton sévère
En la désespérant la pourrait enhardir

Jusqu'à se révolter et me désobéir.
Plus j'examine tout, moins je me détermine !

(Entre Véline.)

A qui me conseiller là-dessus? Ah ! Véline.

(Haut à Juliette).

Laissez-nous pour l'instant. Je vous dirai plus tard
Ce que j'ai sur le cœur.

JULIETTE, à part.

Oh ! le méchant vieillard !

(Elle sort).

SCÈNE IX.

BRIDAINE, VÉLINE.

BRIDAINE.

J'ai besoin, mon neveu, qu'un bon conseil m'éclaire ;
Vous arrivez à point.

VÉLINE.

Qu'est-ce?

BRIDAINE.

Voici l'affaire :
Octave veut ma nièce, et d'elle il est voulu ;
Mais il ne l'aura pas, c'est un point résolu.
Reste à voir maintenant, pour rompre l'amourette,
Si par crainte ou douceur je dois prendre Juliette.

VÉLINE.

Il me vient une idée...

BRIDAINE.

Ah !

VÉLINE.

Laissez-m'y songer.

BRIDAINE.

Faites.

VÉLINE, à part.

Elle n'est pas peut-être sans danger.
Mais elle peut tourner au commun avantage.
Si mon oncle est prudent, et si Juliette est sage,
Mon conseil est très-bon : s'ils sont fous tous les deux
Et s'il advient malheur, qu'ils n'en accusent qu'eux.

BRIDAINE.

Est-ce fait ?

VÉLINE.

Oui. Juliette est dans l'âge d'attente
Où de se marier toute fille est contente,
N'importe à quel mari, pourvu que c'en soit un.

BRIDAINE.

Oui, tous morceaux sont bons pour estomac à jeun.
(Il rit.)

VÉLINE, riant aussi.

Ah ! toujours de l'esprit !

BRIDAINE.

J'en fais parfois encore.

VÉLINE.

Or donc, pour faire suite à votre métaphore,
Ce cœur à jeun qui prend le premier plat venu,
Consent facilement qu'on change le menu.

BRIDAINE.

Parlez plus clairement, mon neveu.

VÉLINE.

Sans figure.
Octave vous déplaît par sa désinvolture ;
C'est un mauvais sujet, et vous avez raison.

Mais donnez à Juliette un honnête garçon...

BRIDAINE.

Qui me l'enlèvera? Ce n'est pas mon affaire;
J'aime trop cette enfant pour jamais m'en défaire.

VÉLINE.

Hé ! si vous l'aimez tant que d'en être jaloux,
Au lieu de l'adopter que ne l'épousez-vous?

BRIDAINE.

Vous vous moquez de moi !

VÉLINE.

Non, je vous le conseille.

BRIDAINE.

Épouser une enfant !

VÉLINE.

Vaut-il mieux une vieille?

BRIDAINE.

A mon âge !

VÉLINE.

Parbleu ! c'est la bonne saison.
Voyez le roi David et le roi Salomon.
N'est-il pas raisonnable, en froideur de vieillesse,
De se ragaillardir au feu de la jeunesse?
David et Salomon le crurent sagement,
Et Caton le censeur fut de leur sentiment,
Qui sur ses derniers jours honora de sa couche
Une jeune servante, et vertement fit souche.

BRIDAINE.

Il fit souche?

VÉLINE.

Oui, mon oncle, et Plutarque en fait foi.
A quatre-vingt-dix ans.

BRIDAINE.

C'était plus vieux que moi !
Mais n'en mourut-il pas ?

VÉLINE.

Il toucha la centaine.

BRIDAINE.

Il faut que ces Romains fussent en cœur de chêne.

VÉLINE.

Mon Dieu ! pas plus que vous.

BRIDAINE.

Ce n'est pas l'embarras.
Je suis d'une famille où l'on ne vieillit pas.
Et mon père, dit-on, passait la soixantaine
Qu'en jeune homme il courait encor la pretantaine

VÉLINE.

Pour moi je gagerais, si vous vous mariez,
Que vous aurez bientôt deux ou trois héritiers.

BRIDAINE

Deux ou trois ? Vous croyez ?

VÉLINE.

Peut-être même quatre.

BRIDAINE.

Quatre, ce serait trop.

VÉLINE.

Nous pouvons en rabattre :
Mettons trois.

BRIDAINE.

Trois garçons, pas de fille.

VÉLINE.

C'est dit.

BRIDAINE.

Les filles ne sont pas d'un facile débit :

Tandis que les garçons, lorsqu'on ne sait qu'en faire,
On les fait avocats, et vogue la galère!

VÉLINE.

C'est juste. Mais voyez l'heureux arrangement:
Ce que vous redoutiez, c'était l'isolement,
Et voilà que Juliette, à votre sort unie,
Vous prête nuit et jour sa douce compagnie;
Vous avez des enfants à qui laisser vos biens...

BRIDAINE.

C'est charmant, mon ami, c'est charmant, j'en conviens;
Mais, comme dit Panurge, il me reste un scrupule
Au seul penser duquel malgré moi je recule.
Me mariant si tard, suis-je bien assuré
De n'avoir pas d'enfants plus que je n'en... voudrai?

VÉLINE.

A quoi pensez-vous donc?

BRIDAINE.

A ce qu'en bon langage
Nos pères tout crûment appelaient cocuage.

VÉLINE.

C'est un terme aboli chez les gens comme il faut.

BRIDAINE.

Tant pis, mon cher, tant pis! je regrette ce mot.
A mon sens il est bon, et pour plus d'une cause,
Que le mot soit vilain quand vilaine est la chose.
Comme on en trompe aussi de ces pauvres maris!
Et des gens encor bien, des gens à peine gris!
Que sera-ce de moi?

VÉLINE.

Mais c'est ce qui vous sauve :
On trompe volontiers un mari gris ou chauve;

Mais un front de vieillard, imposant à l'aspect,
Des moins respectueux commande le respect.
Souiller des cheveux blancs passe pour sacrilége.

BRIDAINE.

En êtes-vous bien sûr?

VÉLINE.

Hé, mon oncle! voudrais-je
Exposer votre nom à de sots accidents?
L'honneur de la famille est en jeu là-dedans.
D'ailleurs Juliette est sage, et c'est lui faire injure
Que de craindre avec elle une mésaventure.

BRIDAINE.

Le fait est, mon ami, que je n'ai pas connu
De meilleur naturel ni de plus ingénu.

VÉLINE.

Son mari, quel qu'il soit, peut s'assurer en elle.

BRIDAINE.

Oui, je crois comme vous qu'elle serait fidèle...

VÉLINE.

J'en mettrais dans le feu les deux mains que voilà.

BRIDAINE.

Ah! l'honnête garçon de neveu que j'ai là!
Au gré de vos désirs comme il vous persuade!
Pour la peine je veux vous donner l'accolade.

VÉLINE, à part.

On dit vrai : les baisers sont monnaie à vilain.

BRIDAINE.

De mon premier enfant vous serez le parrain.

VÉLINE.

D'abord, mon oncle, il faut que Juliette consente.

BRIDAINE.

Bon, bon! Nous saurons bien la rendre obéissante.

VÉLINE.

Quoi! la violenter?...

BRIDAINE.

N'est-ce pas pour son bien?
Vaut-il mieux lui laisser épouser un vaurien
Comme Octave?

VÉLINE.

Il est vrai; pourtant...

BRIDAINE.

Un jour je pense
Qu'elle me saura gré de cette violence.
Je vais la préparer à faire son devoir.
Merci, mon cher ami, de l'idée. Au revoir.

(Il entre chez Juliette.)

SCÈNE X.

VÉLINE, seul.

Mon idée était, certe, heureuse pour Juliette,
Et son meilleur ami la trouverait parfaite;
Mon oncle est un parti superbe! — Mais j'ai peur
Que le brutal ne cause ici quelque malheur.
Juliette a l'âme fière, et cette violence
Pourrait bien la pousser à quelque extravagance.
Je l'ai dit à mon oncle. Après, tant pis pour lui.
Je ne mêle pas des affaires d'autrui.

La toile tombe.

FIN DU DEUXIÈME ACTE.

ACTE TROISIÈME.

Un salon chez Octave, le soir.

SCÈNE PREMIÈRE.

OCTAVE seul.

Je suis décidément un sot que je méprise.
Je suis un sot !... Enfin j'ai fait une sottise.
Juliette était au point de me tout accorder :
Il fallait seulement me faire marchander,
Et mettre une rançon un peu chère à ma vie :
Peut-être même au fond en avait-elle envie.
Les femmes aiment tant à se sacrifier !
Mais Véline a raison, je suis un écolier,
Et je n'ai pas encor cette fermeté d'âme
Qu'il faut pour résister aux larmes d'une femme.
Dès que je vois pleurer des yeux pleins de langueur,
L'humidité me gagne et m'amollit le cœur,
Et j'oublie aussitôt que toute femme tendre
Pleure, comme le cerf, au moment de se rendre.
Peste soit du chasseur dont l'ardeur a faibli
Au moment souhaité de sonner l'hallali !
Enfin Juliette ici par ma faute m'échappe ;
Mais la leçon m'est bonne, et si l'on me rattrape
A ces fausses pitiés, je veux être pendu

Au rameau le plus vert de l'arbre défendu.

(Entre un domestique.)

Une lettre, monsieur.

(Il sort.)

OCTAVE, ouvrant la lettre.

C'est de Rose! — O fortune!
Contre les maladroits tu n'as pas de rancune.

(Il lit.)

« Mon mari me dit qu'il vous a fermé sa porte et ne m'en donne pas de motif, sinon que vous êtes un homme sans principes. Je devine assez ce qui l'anime contre vous, et ce prétexte transparent cache mal sa jalousie. Je ne veux pas que son humeur ombrageuse vous prive de me voir, et puisqu'il défend que ce soit chez lui, ce sera chez vous. Je suivrai cette lettre de près, mais n'en concevez aucun espoir, je ne veux pas emporter de remords. »

Rose ici! tout à l'heure! à ma discrétion!
O joie inespérée! O compensation!
Le mari!... Saurait-il? Peste du trouble-fête!

SCÈNE II.

OCTAVE, VÉLINE.

VÉLINE.

Vous ne m'attendiez pas?

OCTAVE, à part.

Il vient sauver sa tête.

(Haut.)

Non, monsieur.

VÉLINE.

Ma visite est peu de votre goût?

OCTAVE.

J'en conviens franchement : vous me gênez beaucoup.

VÉLINE.

J'en suis fâché, monsieur.

OCTAVE.

Moins que moi, je vous jure.

VÉLINE.

Mais vous nous avez mis en telle conjoncture
Que malgré mon serment de ne plus vous revoir,
J'y suis encor forcé par un triste devoir.
Que ma présence ou non vous soit désagréable,
Je viens pour prévenir un malheur effroyable.

OCTAVE.

De quoi s'agit-il donc?

VÉLINE.

De Juliette.

OCTAVE, à part.

Très-bien !
De son propre malheur il ne soupçonne rien :

(Haut.)

Délivrons-nous de lui. La démarche m'étonne :
Car vous êtes, monsieur, la dernière personne
Par qui je souffrirais me voir admonesté,
Après l'aigre façon dont vous m'avez traité.

VÉLINE.

Aussi ne sont-ce plus des conseils que j'apporte,
Je viens en suppliant frapper à votre porte,
Pour qu'il ne puisse pas m'être un jour reproché
D'avoir négligé rien qui vous aurait touché.

Mon orgueil d'honnête homme à vos pieds s'humilie.
Je ne m'indigne plus maintenant, je supplie;
Juliette est en vos mains, et tel est son danger
Que vous seul contre vous la pouvez protéger.

OCTAVE.

Juliette entre mes mains?

VÉLINE.

Tout conspire à sa chute;
Pour être son mari l'oncle la persécute;
Elle pleure, elle hésite; une lettre de vous
Pourrait à sa vertu porter les derniers coups;
Je viens vous supplier de ne lui pas écrire.

OCTAVE.

Vous êtes maladroit de me si bien instruire.

VÉLINE, troublé.

Qu'entendez-vous par là? dans cette extrémité,
Où puis-je recourir qu'à votre loyauté?
Si vous me repoussez, j'aurai fait une faute,
Mais c'est de vous tenir en estime trop haute,
De vous croire capable encor d'un peu de bien,
En un mot de juger votre cœur par le mien.
Je suis, à vous entendre, un niais ou tout comme?
Soit, monsieur! quand on traite avec un honnête homme,
Le chemin le plus sûr est toujours le plus droit:
C'est donc tant pis pour vous si je suis maladroit.

OCTAVE.

Mais vous vous emportez!

VÉLINE.

Oui, monsieur, je m'emporte,
A voir interpréter mes actes de la sorte!

OCTAVE.

Que me parlez-vous là d'interprétation?

VÉLINE.

Et que signifiait votre observation,
Si ce n'est que je viens en effet vous instruire
Que pour perdre Juliette il vous suffit d'écrire?

OCTAVE.

D'où diable voulez-vous que j'aie eu ce soupçon?
Un mari qui viendrait au secours d'un garçon?
Vous surtout dont je sais l'horreur pour le scandale,
Qui m'avez si souvent et tant fait la morale!

VÉLINE, radouci.

Oui, je vous ai toujours parlé comme j'ai dû.
Nous n'en serions pas là, si l'on m'eût entendu.

OCTAVE.

J'en conviens.

VÉLINE.

J'ai tout fait pour assainir votre âme
Et pour en extirper votre projet infâme.

OCTAVE

J'en pourrais témoigner.

VÉLINE.

Rien n'a mordu sur vous,
Ni raison, ni sarcasme, encor moins le courroux.

OCTAVE.

Vous pouvez m'accuser d'avoir un cœur de roche.

VÉLINE.

Au jour du repentir vous n'aurez nul reproche
A m'adresser.

OCTAVE.

Aucun, sinon d'être têtu.

VÉLINE.

Un autre à tant d'échecs se tiendrait pour battu,
Et se croirait en droit de prendre du relâche ;
Mais je suis obstiné sur une noble tâche !
Après avoir de tout vainement essayé
Je tente le dernier recours de la pitié.
Ayez compassion de cette pauvre fille
Qui vous aime et n'a plus qu'un oncle pour famille ;
Contentez-vous d'avoir son sort en votre main ;
Que votre orgueil lui souffre un asile et du pain.

OCTAVE.

Si je croyais vraiment....

VÉLINE.

Je sais bien qu'elle est belle
Et que je vous demande une chose cruelle ;
Il est dur de se voir maître de tant d'appas,
Et par pure vertu de n'en profiter pas.

OCTAVE.

Certes!...

VÉLINE.

Mais à défaut d'une autre récompense,
Vous pouvez être sûr de ma reconnaissance.

OCTAVE.

Beau dédommagement!

VÉLINE.

Et si de jeunes fous
Ont assez peu de cœur pour se moquer de vous,
Vous vous retrancherez contre leur injustice
Dans le contentement d'un si beau sacrifice.

OCTAVE.

Vous m'y faites songer... quelle proie aux railleurs !

VÉLINE.

Le sage s'émeut-il d'un quolibet? — D'ailleurs,
Plus le renoncement est grand, plus il honore.

OCTAVE.

Certe! et j'aurais plaisir à voir lever l'aurore:
Mais quoi! mon cher monsieur, je dors jusqu'à midi.

VÉLINE.

Vous êtes, je l'avoue, un cruel étourdi.

OCTAVE.

Plût au ciel le fussé-je encore davantage!
Car si je me mêlais une fois d'être sage,
Je trouverais partout quelque bonne raison
De ne me divertir en aucune façon.
De scrupule en scrupule et de fil en aiguille
Je n'aurais à la fin femme, veuve ni fille.
A déesse vertu j'adresserai des vœux,
Mais plus tard, quand j'aurai perdu dents et cheveux.
D'ici là trouvez bon que je ne m'inquiète
D'aucun raisonnement qui troublerait la fête.

VÉLINE.

Que répondre à cela?

OCTAVE.

De sensé? rien du tout.

VÉLINE.

J'aurai du moins rempli mon devoir jusqu'au bout:
Le reste est entre vous et votre conscience.

OCTAVE.

Hélas! elle n'a pas, monsieur, votre éloquence.

(Entre un domestique.)

LE DOMESTIQUE.

Une dame, monsieur, demande à vous parler.

OCTAVE.

Vous comprenez...

VÉLINE.

Très-bien... que je dois m'en aller.

(A part.)

C'est elle !

OCTAVE.

Excusez-moi d'en agir de la sorte.

(Au domestique.)

Reconduisez monsieur par la petite porte.

VÉLINE, à part.

Allons chercher mon oncle afin de la sauver.

(Il sort.)

SCÈNE III.

OCTAVE, seul.

S'il savait devant qui je le fais s'esquiver !

(Il va à la porte.)

Pauvre homme ! Vous pouvez entrer sans nulle crainte,

(A part.)

Madame. Dans ses yeux quelle émotion peinte !

ROSE s'assied; après un moment de silence.

Que pensez-vous de moi ?

OCTAVE.

Madame...

ROSE.

Franchement ?

OCTAVE.

Que vous êtes ici par un saint dévouement,
Qu'il n'est rien que de noble et de grand dans votre âme.

ROSE.

Non, monsieur ; vous pensez que je suis une infâme,
Que je viens vous livrer l'honneur de mon mari,
Qu'en quittant sa maison peut-être j'ai souri.

OCTAVE.

Quel méprisable cœur ce soupçon me suppose !

ROSE.

Est-ce que vous pouvez en penser autre chose ?
Ne suis-je pas chez vous ? pourquoi vaudrais-je mieux
Que tant d'autres à qui se sont ouverts ces lieux ?
Car plus d'une avant moi sans doute y fut reçue,
Et ce n'est pas pour rien qu'ils ont la double issue.

OCTAVE.

Ah ! croyez que nulle autre avant vous...

ROSE.

C'est bien pis
Si j'ose la première affronter ce logis !
— Ne vous défendez pas, ce n'est point un reproche.
— Qu'un crime vu de loin est moins laid qu'à l'approche !
Quand je vous écrivais de m'attendre chez vous,
Je ne comprenais pas ce qu'est un rendez-vous.
J'accusais mon mari d'une cruelle offense
Et n'étais attentive alors qu'à la vengeance.
Mais ici, j'ai senti que tout allait changer,
Et qu'au seuil je perdais le droit de me venger.
Il m'a semblé soudain devenir une femme
Pareille de tous points à celles que je blâme,
Et je serais partie aussitôt, si ce n'est
Que vous n'auriez pas eu sur moi l'esprit bien net.
J'ai voulu vous donner la clef de ma conduite ;
C'est fait, et maintenant pour jamais je vous quitte.

(Elle se lève.)

OCTAVE.

Pour jamais?

ROSE.

Vous revoir, c'est tromper mon époux.

OCTAVE.

Je ne vous verrai plus? quoi! pas même chez vous?

ROSE.

Vous n'y pourriez venir qu'à l'insu de mon maître;
Il me faudrait mentir, et vous cacher peut-être!
Ce serait peu de joie et beaucoup de remords.

SCÈNE IV.

LES MÊMES, VÉLINE, BRIDAINE.

BRIDAINE, à la cantonade.

Non, je n'écoute rien que mes justes transports.

ROSE.

O ciel!

OCTAVE, se précipitant vers la porte.

On n'entre pas!

BRIDAINE, le repoussant.

Te voilà donc, coquine!

(Rose se retourne vers lui.)

Rose!

VÉLINE.

Ma femme!

BRIDAINE.

Hé bien! que disait donc Véline?

VÉLINE.

C'est affreux!

BRIDAINE.

Ce n'est pas moi qui suis.... Pauvre ami !
Oppose à ton malheur un courage affermi.
C'est l'instant de montrer de la philosophie.....
Moi, je ne fus jamais si joyeux de ma vie !

VÉLINE.

Je ne l'aurais pas cru quand on me l'aurait dit,
Tant sur ma confiance elle avait de crédit !
Aussi je lui veux être un juge impitoyable.

BRIDAINE.

Doucement : après tout sa faute est excusable ;
De l'indulgence.

VÉLINE.

Non ! je n'en peux pas avoir :
Il en coûte si peu de faire son devoir !

(A Rose.)

Tremblez, car je saurai me venger de l'offense.

OCTAVE.

C'est sur moi seul que doit tomber votre vengeance ;
Je suis prêt, s'il vous plaît, à vous rendre raison.

VÉLINE.

Il ne me plaît pas, moi.

BRIDAINE.

C'est la seule façon
D'en sortir à ta gloire, en montrant du courage.

VÉLINE.

Non, ce n'est pas ainsi qu'on lave un tel outrage.
Le duel est immoral : l'arme que je choisis
Pour venger mon honneur, monsieur, c'est le mépris.

ROSE.

Le mépris !

VÉLINE.

Qu'avez-vous à réclamer, madame?
De vous plus que d'une autre un tel crime est infâme.
Vous aviez un mari dont le nom eût été
Par toute autre que vous saintement respecté;
Le plus homme de bien, certes, que je connaisse..
Je le dis fièrement, car c'est là ma noblesse,
Et sous le coup fatal dont je suis abattu,
Je sens grandir en moi l'orgueil de ma vertu!
Si pour vous excuser j'interroge ma vie,
Je n'y trouve rien, non, rien qui vous justifie;
Je ne vous ai donné qu'exemples de bonté,
Et de délicatesse et de fidélité;
Pour moi, mais plus encor pour vous, j'ai sans relâche
Veillé sur mon honneur, et l'ai gardé sans tache;
Et ce trésor sur quoi j'avais ainsi veillé,
Vous l'avez en un jour honteusement pillé!
Et vous vous révoltez contre votre sentence!

OCTAVE.

J'affirme sur l'honneur, monsieur, son innocence

VÉLINE.

Sur l'honneur! quel honneur? le vôtre, par hasard?

OCTAVE, avec colère.

Monsieur!

VÉLINE.

De mon mépris subissez votre part,
Vous qui vous êtes fait, par ma bonté trop prompte,
L'hôte de ma maison pour y planter la honte,
Qui creusiez sous mes pas un piége souterrain,
Et ne rougissiez point en me serrant la main!

OCTAVE, confus.

Monsieur!...

VÉLINE.

A votre avis, c'est une espièglerie
Sans doute, un joyeux tour et dont il faut qu'on rie.
L'honneur n'a rien à voir là-dedans en effet!
Surprendre l'amitié d'un homme, c'est parfait,
Et cette fourbe n'est d'aucun blâme suivie,
Quand c'est pour lui voler le bonheur de sa vie!
Pour m'enlever, monsieur, mon bonheur sans retour,
Vous n'aviez même pas l'excuse de l'amour!
Vous cherchiez seulement à faire une conquête,
Et vous preniez ma femme à défaut de Juliette!

A Rose.

Oui, madame, et cela déjà me venge assez.
Il vous trahit autant que vous me trahissez.
Il convoitait aussi Juliette...

BRIDAINE.

L'insolence!

VÉLINE, à Rose.

Si vous ne m'en croyez, croyez-en son silence.

BRIDAINE.

C'est clair!

VÉLINE, à Octave.

Oserez-vous dire que j'ai menti?

BRIDAINE.

Il est au pied du mur!

OCTAVE, à part.

Je suis anéanti.

ROSE, à part.

O juste châtiment de ma faute!

BRIDAINE.

Ah! le traitre!

(A part.)

Je voudrais le pouvoir jeter par la fenêtre !

VÉLINE, à Rose.

Vous connaissez enfin celui que vous aimiez ;
Apprenez qui je suis, moi que vous accusiez.
Si Juliette séduite était à votre place,
Mon oncle à son malheur ne ferait pas de grâce.

BRIDAINE.

Certe !

VÉLINE.

Il la chasserait en la déshéritant !

BRIDAINE.

Corbleu ! je le crois bien ! sans conteste ! à l'instant !

VÉLINE.

Hé bien, moi, ce flatteur, ce coureur d'héritage...

(A Octave.)

Parlez, monsieur, parlez ! rendez-moi témoignage !
N'ai-je pas invoqué l'honneur et la raison
Pour vous dissuader de votre trahison ?

OCTAVE.

Oui.

VÉLINE.

Comme mon enfant j'ai défendu Juliette,
N'est-il pas vrai ?

OCTAVE.

C'est vrai.

BRIDAINE.

Bon Véline ! homme honnête !

VÉLINE.

Et voilà mon loyer ! soyez honnête et bon !
O vertu ! c'est donc vrai que tu n'es qu'un vain nom ?

ROSE.

Que n'ai-je su plus tôt...

VÉLINE.

Ce n'est pas ma manière
De triompher partout du bien que je peux faire :
De mes œuvres j'ai honte à réclamer un prix,
Et je trouve plus fier d'accepter le mépris.

BRIDAINE.

L'antiquité n'a rien qui soit plus magnanime !

ROSE.

Ah ! monsieur ! maintenant je comprends tout mon crime.

VÉLINE.

C'est trop tard.

ROSE.

Non, monsieur, le ciel m'en est témoin !

VÉLINE.

Quoi ! prétendriez-vous...

ROSE.

Vous ne me croyez point.
Et je ne m'en plains pas : l'apparence m'accable.
Cependant je n'ai rien commis d'irréparable.
J'en jure par ma mère — et son souvenir saint
M'est trop cher et sacré pour l'invoquer en vain, —
Votre honneur est intact : un moment égarée,
J'allais sortir d'ici... comme j'étais entrée,
Car la honte, sinon le remords, m'étouffait.

BRIDAINE, à part.

S'il la croit, je dirai qu'il a l'esprit bien fait.

VÉLINE, à part.

Elle ne peut mentir sur le nom de sa mère,
Outre que je ne puis me mieux tirer d'affaire.

(A Rose.)

Vous avez l'esprit faux, mais le cœur fier et droit,
Et sur votre serment tout le monde vous croit.

BRIDAINE, à part.

Pas moi, toujours.

ROSE.

Merci de cette confiance.

VÉLINE.

Mon oncle et vous, monsieur, promettez le silence?

OCTAVE.

Je le jure!

BRIDAINE.

Aussi moi.

SCÈNE V.

LES MÊMES, JULIETTE.

BRIDAINE.

Juliette!

(A Véline.)

Soutiens-moi!

OCTAVE, à part.

La pauvre enfant!

BRIDAINE.

J'en tiens!... — Sexe ingrat et sans foi!

VÉLINE.

De la philosophie!...

BRIDAINE.

Ah! laisse-moi tranquille!

VÉLINE.

Vous disiez tout à l'heure...,

BRIDAINE.

Au diable l'imbécile !
Tes consolations ne font que m'achever.
(A Juliette).
Tu ne t'attendais pas, vilaine, à me trouver !

JULIETTE.

La rencontre n'a rien dont je sois interdite,
Et je ne rougis pas, monsieur, de ma conduite.
Vous m'avez mise au point de ne rien ménager.

BRIDAINE.

Nous verrons !..

JULIETTE.

Mon mari saura me protéger.

BRIDAINE.

Votre mari ! parbleu ! je vais vous faire rire.
Apprenez qu'il voulait seulement vous séduire,
Qu'il courtisait...

VÉLINE.

Une autre en même temps que vous.

JULIETTE.

Se serait-il offert pour être mon époux ?

BRIDAINE, embarrassé.

Il est vrai que par lui vous fûtes demandée...

ROSE.

De sorte à ne pouvoir jamais être accordée.
Il cherchait un refus qui le mît en état
De se désespérer à vous avec éclat...

JULIETTE.

Hélas ! j'ai tant souffert ! faut-il souffrir encore !

BRIDAINE à Juliette.

Cela vous apprendra, romanesque pécore !

(A part).

Mais, non, je réfléchis : parlons-lui doucement,
Et gagnons son amour par un doux traitement.

(Haut).

Vous voyez ce que sont les jeunes gens, ma chère.
Peut-être je devrais me montrer plus sévère ;
Mais je pardonne tout, parce que je suis bon,
Et je vous offre encor ma personne et mon nom.

JULIETTE.

Tant de bonté, monsieur, me touche et me pénètre,
Mais...

BRIDAINE.

Mais?

JULIETTE.

Je ne pourrais assez la reconnaître.
Vous seriez malheureux, je le sens.

BRIDAINE.

Pour ceci,
C'est mon affaire.

JULIETTE.

Et moi je le serais aussi.

BRIDAINE, prenant Véline à part.

Véline, parle-lui ; ma faiblesse est extrême ;
Elle ne m'aime pas, mais je sens que je l'aime.
Va, plaide en ma faveur.

VÉLINE.

(Il prend Juliette à part.)

Oui, mon oncle. Pensez,
Mon enfant, au bonheur qu'ici vous repoussez.
Notre oncle a soixante ans, mais le cœur encor tendre,
Et puis cent mille écus sont toujours bons à prendre.

JULIETTE.

Ah! monsieur!

VÉLINE.

Croyez-m'en : réfléchissez.

JULIETTE.

Jamais.

Si je ne puis pas être à celui que j'aimais,
Je ne serai du moins la femme de personne.

OCTAVE, à part.

Noble cœur!

BRIDAINE.

C'est ainsi?... va donc! je t'abandonne!

(A Véline.)

Ingrate! Tu seras mon unique héritier.

(A Juliette.)

Vilaine!

VÉLINE.

Calmez-vous.

BRIDAINE.

Hé, laisse-moi crier.

(A Juliette.)

Il te faut des muguets, impudente!

ROSE.

De grâce!

BRIDAINE.

Qu'elle ne rentre plus chez moi.

ROSE.

Mais!....

BRIDAINE.

Je la chasse!

VÉLINE.

Qui la recueillera?

BRIDAINE.

C'est mon moindre souci.

ROSE.

Mais enfin...

BRIDAINE.

Après tout, elle est chez elle ici;
Qu'elle y reste! Bonsoir.

(Il sort.)

SCÈNE VI.

VÉLINE, OCTAVE, ROSE, JULIETTE.

JULIETTE, se laissant aller sur un fauteuil.

Oh! mon Dieu! que d'outrage!

ROSE.

Nous le ramènerons, mon enfant; du courage.
D'ici là vous aurez un asile chez nous.

JULIETTE.

Merci, mes seuls amis; votre intérêt m'est doux;
* Mais je n'attendrai pas que mon oncle s'apaise [1].
* Mon épreuve est trop rude, et le monde me pèse;
* Ma mère m'a laissé, je crois, un peu d'argent,
* Assez pour en payer ma dot dans un couvent...

VÉLINE.

* Mais ne m'avez-vous pas, d'ailleurs, chère Juliette?

JULIETTE.

* C'est là que je voudrais chercher une retraite.

1. Les vers précédés d'un astérisque sont supprimés à la représentation.

VÉLINE, à Rose.

Elle a raison : c'est là qu'est la tranquillité.

JULIETTE, pensive.

J'aurai mes dix-sept ans à la fin de l'été.

ROSE.

Allons-nous-en d'ici. Venez, l'heure s'avance.

(Au moment où tout le monde fait mine de partir, Octave vient au milieu.)

OCTAVE.

Avant de me quitter, prenez votre vengeance,
Juliette : je vous aime, et vous me haïssez.

ROSE.

N'a t-elle pas sujet ?

OCTAVE.

C'est juste, je le sais,
Et l'on ne fléchit pas une haine si fière.
Aussi vous n'entendrez ni plainte ni prière.
J'ai voulu seulement vous dire à deux genoux,
Juliette, que je suis plus malheureux que vous;
Car c'est ma lâcheté qui nous perd l'un et l'autre,
Et je porte à la fois ma douleur et la vôtre.
Mais je suis moins coupable encore que puni,
De votre âme angélique à tout jamais banni,
Et me sentant trop bien déchu de votre estime
Pour que vous m'accordiez de réparer mon crime.
Adieu donc, laissez-moi le remords qui m'est dû
Et l'amer souvenir de votre amour perdu !

VÉLINE.

La réparation que vous m'avez offerte,
Faites-la-moi, monsieur, en réparant sa perte.
J'ai le droit d'exiger quelque chose de vous.

ROSE, bas à Véline.

C'est bien !

OCTAVE.

Me voudrait-elle accepter pour époux?
Je serais trop heureux !

VÉLINE.

Juliette, il vous adore !

JULIETTE.

Je ne peux plus le croire.

VÉLINE, à Octave.

Elle vous aime encore.

OCTAVE.

S'il était vrai !

VÉLINE.

Voyons, pas de fausse pudeur ;
Enfants, dépêchez-vous de renaître au bonheur.
Vous vous aimez tous deux. Faut-il que j'intervienne?
(A Juliette.)
Donnez-lui votre main avant qu'il ne la prenne.
(Juliette tend la main à Octave.)

OCTAVE.

Ah ! que je suis heureux !

VÉLINE.

Heureux de ma façon !

ROSE, à part.

Et j'ai pu mépriser cet homme honnête et bon !

VÉLINE, à part.

Juliette, grâce à moi, fait un beau mariage,
Je puis donc sans scrupule accepter l'héritage.

JULIETTE, à Véline.

* C'est vous qui ramenez la paix dans la maison !

OCTAVE.

* Que n'ai-je cru plutôt votre haute raison !

JULIETTE.

* Sans vous, monsieur, sans vous, n'étais je pas perdue ?

OCTAVE.

* Vous m'avez éclairé.

JULIETTE.

Vous m'avez défendue.

ROSE.

* Ah ! plus je vous connais... quelle était mon erreur !

OCTAVE.

* Si bon et si modeste à pratiquer l'honneur !

ROSE.

* Plus d'un ne le vaut pas que bien haut on renomme !

VÉLINE, à part.

* Parbleu ! J'étais bien sûr que je suis honnête homme !

FIN DU TROISIÈME ET DERNIER ACTE

www.ingramcontent.com/pod-product-compliance
Ingram Content Group UK Ltd.
Pitfield, Milton Keynes, MK11 3LW, UK
UKHW020935180726
13838UKWH00002B/954